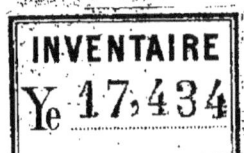

LOUIS CHALMETON

OFFICIER D'ACADÉMIE

De la Société des Gens de Lettres, des Académies de Clermont, du Gard, etc.

De l'Athénée de Venise.

A

JEAN RACINE

CLERMONT-FERRAND

Mlle J. COLLAY, LIBRAIRE-ÉDITEUR

ANCIENNE MAISON DUCROS-PARIS

Rue Saint - Genès, n° 5

1878

A
JEAN RACINE

ANNIVERSAIRE DE SA NAISSANCE

21 Décembre 1639

Vers dits au Théâtre de Clermont, par M. ESTIVAL

Le 21 Décembre 1878

OUVRAGES DE L'AUTEUR

Poésie

HEURES DE LOISIR, 1 vol. in-12.
ISOLEMENTS, 1 vol. in-12.
LA MISSION DU POÈTE, une brochure in-12,
PAGES D'HISTOIRE,
STROPHES et SONNETS, } une brochure in-12.
A CEUX QUI ONT RENIÉ LEUR MÈRE, une brochure in-12.
LA REVANCHE, une brochure in-12.
PENSÉES ET SOURIRES, un vol. in-12.
BIBLIOGRAPHIE, une brochure in-12.
PHILOSOPHIE ET INTIMITÉS MÊLÉES, un vol. in-12,
BRELAN DE PROLOGUES, une brochure in-12.
A JEAN RACINE, une brochure in-12.

Théâtre

UNE BONNE FORTUNE, comédie en 2 actes et en vers.
ENTRE MARI ET FEMME, bluette en un acte et en vers.
LA CARTE DE VISITE, comédie en 3 actes et en vers.
UNE RUSE DE FEMME, comédie en 3 actes et en vers
QUI SE RESSEMBLE S'ASSEMBLE, proverbe en un acte et en vers.
IL NE FAUT JAMAIS DIRE FONTAINE, proverbe en un acte et
    en vers,
POUR ET CONTRE, prologue dialogué en vers.
IL NE FAUT PAS COURIR DEUX... VEUVES A LA FOIS, comédie,
    proverbe en un acte et en vers.
JEANNE DE NAPLES, drame en 5 actes et en vers.

Prose

DE L'UNITÉ ÉCONOMIQUE ET POLITIQUE EN EUROPE, une bro-
    chure in-12. *

LOUIS CHALMETON

OFFICIER D'ACADÉMIE

De la Société des Gens de Lettres, des Académies de Clermont, du Gard, etc.

De l'Athénée de Venise.

A

JEAN RACINE

CLERMONT-FERRAND

Mlle J. COLLAY, LIBRAIRE-ÉDITEUR

ANCIENNE MAISON DUCROS-PARIS

Rue Saint - Genès, n° 5

1878

A

A. BARDOUX

MOINS AU MINISTRE QU'A L'AMI

Ces vers sont affectueusement dédiés par l'Auteur

A

JEAN RACINE

ANNIVERSAIRE DE SA NAISSANCE

21 Décembre 1639

Racine, à toi ces vers ! maître, à toi notre hommage !
Le tombeau, pour beaucoup, est muet et profond ;
Mais deux cent quarante ans n'ont passé sur ton nom
Que pour le consacrer ; la gloire n'a pas d'âge !
Et la tienne, à jamais, sur nous rayonnera,
Poète immortel ! oui, ton œuvre restera
Des choses de l'esprit le splendide modèle !

Son élégance exquise et son puissant coup d'aile,
Son idéal du beau t'ont conquis un sommet

Si flamboyant, que tout ce que le temps a d'ombre
Ne l'a pas obscurci ; que, quel que soit leur nombre,
Tes rivaux n'ont pu rien y maintenir de sombre,
Et qu'à toi, son soleil, chaque astre se soumet !

Oui, maître, à pareil jour, la France radieuse,
Inconsciente encor, vaguement pressentait
Que le vingt-un du mois de décembre serait
D'un grand enfantement la date lumineuse !

Tu naissais ce jour-là !
                  Dans ton frêle berceau,
Pour toi la vie à peine allumait son flambeau ;
Durant ce mois, pourtant, le dernier de l'année
Mil six cent trente-neuf, une force était née !
Des langes enserraient un enfant dont les cris
Auraient, en leur prêtant une idéale oreille,
Produit une harmonie à nulle autre pareille ;
Ce pauvre être naissant était une merveille
Que La Ferté-Milon destinait à Paris !

A nous, comédiens, de fêter cette date ;
Le théâtre lui doit l'un de ses plus grands noms ;

Racine l'illustra de magiques fleurons :
Pour Racine, aujourd'hui, que notre amour éclate !

Son buste est là, nos cœurs battent pieusement,
Nous contemplons ses traits avec recueillement ;
Tout un passé surgit devant cette figure !
O grand homme ! ô génie à l'immense envergure !
Divin auteur de *Phédre* et de *Britannicus,*
Qui rêvas *Bérénice* et sculptas *Athalie,*
Fis soupirer *Esther*, mis dans *Iphigénie*
L'héroïsme absolu du dédain de la vie,
Ecrivis les *Plaideurs,* un chef-d'œuvre de plus !

A nous, comédiens, d'admirer le poète
Qui de l'esprit de l'homme éleva le niveau,
Analysa son cœur pour le former au beau,
Et de ses sentiments fut le pur interprète !

A nous, comédiens, d'être reconnaissants !
Ne lui devons-nous pas les rôles triomphants
Qui, du théâtre, ont fait une école sublime ?
Hermione et *Burrhus, Andromaque* et *Monime,*
Agrippine et ... *Dandin,* ne sont-ils pas pour nous

Des types éternels de la nature humaine,
Types conçus, rêvés, transportés sur la scène,
Dont nous étudions la vérité sereine
Pour la réaliser ?

            O merci ! donc à vous,
Grands investigateurs, soit plaisants, soit austères ;
Psychologues profonds, et quels que soient d'ailleurs
Vos lumineux moyens : le sourire ou les pleurs,
Scalpels des passions, pinceaux des caractères,
Propagateurs sacrés ; maîtres, à vous merci !
Et faisons-nous l'honneur de vous nommer ici :
Toi *Rotru*, toi *Corneille*, et toi, notre *Molière* !
Ajoutons à Racine et *Regnard* et *Voltaire* ;
Groupons en un faisceau tous les noms radieux
De ces hommes qu'au front a marqués le génie !
Et qu'aujourd'hui celui qui naissait à la vie
Soit entouré par vous, dont la France ravie
Sera fière toujours ; ô rayons merveilleux !
Surhumaines clartés !

            Maîtres, pour le théâtre,
N'avez-vous pas formé nos cœurs et nos esprits ?
De nos rudes labeurs nous conquerrons le prix ;
Car c'est le bon combat que nous voulons combattre.

Sommes-nous pas, d'ailleurs, tes fils, ò *Poquelin !*
Ne nous as-tu donc pas aplani le chemin
Où nous poursuivons l'art, grâce à la foi robuste
Que nous avons en toi, comédien auguste,
Prodigieux ancêtre, aux excitants vainqueurs !

Et toi, dont nous fêtons la date glorieuse,
Grand Racine ! reçois la couronne pieuse
Que, pour la célébrer, cette journée heureuse,
Aujourd'hui, sur ce buste, accompagnent nos cœurs !

21 décembre 1878.

13

www.ingramcontent.com/pod-product-compliance
Lightning Source LLC
Chambersburg PA
CBHW061420170626
46811CB00005B/2056